Dies ist ein R o m a n.

Die Handlung ist f r e i erfunden.

Jedoch sind Teile des Romans während seiner Entstehung Wirklichkeit oder durch Ereignisse eine solche geworden. Eine Verwechselung oder Zuordnung mit tatsächlich jetzt oder ehemals existenten Personen ist nicht beabsichtigt, Ähnlichkeiten sind rein zufällig.

Die Orte der Handlung sind fiktiv, die Personen im Roman ebenfalls, bis auf „ihn", denn „**ER**" ist mir persönlich bekannt.

Bibliografische Information der Deutschen Nationalbibliothek: Die Deutsche Nationalbibliothek verzeichnet diese Publikation in der Deutschen Nationalbibliografie. Detaillierte bibliografische Daten sind im Internet über http://dnb.d-nb.de abrufbar.

Dieses Werk ist einschließlich aller seiner Teile urheberrechtlich geschützt.

Jede Verwertung und Verwendung außerhalb der engen Freigrenzen des Urheberrechtsgesetzes ohne Zustimmung des Copyright-Besitzers ist unzulässig und strafbar.

Dies gilt insbesondere für Reproduktionen, Speicherung in Datenverarbeitungsanlagen, Wiedergabe auf elektronischen, fotomechanischen oder ähnlichen Wegen, Übersetzungen und Mikroverfilmungen. Sämtliche Rechte bzgl. Idee, Text, Bilder, Umschlag- und Buchgestaltung liegen beim Autor.

Copyright : Februar 2017 - Wolfgang Pein

Herstellung und Verlag:

BoD – Books on Demand, In de Tarpen 42,

D – 22848 Norderstedt – Germany -

ISBN-Nr. 9783743195417

Wolfgang Pein

vier letzte Tage im Februar

- ein Kriminalroman -

Prolog:

Ein Kriminalroman ist nun einmal etwas völlig anderes, als das, worüber ich bis jetzt geschrieben habe. Waren es jahrelang Kurz-Geschichten oder Romane über Schafe, ein Kinderbuch oder Geschichten, die im Freundeskreis oder in einem bestimmten Landschaftsbild in Irland, Schottland, Deutschland oder Italien spielten, so kommen h i e r in diesem Roman erstmals keine Schafe vor.

Ursprünglich wollte ich diese Handlung auch eigentlich nur privat einmal schreiben. Ein Krimi sollte es zwar sein – zum Ausprobieren, einfach nur ein paar Seiten als Test – mehr für mich, um zu sehen, was dabei herauskommt.

Und dabei wollte ich auch ein wenig Frustration abbauen, die sich in meinen letzten Arbeitsjahren angesammelt hatte.

Nun schreibt sich ein Roman nicht in ein paar Stunden oder Tagen. Berühmte „Kollegen" von mir haben an ihren Werken manchmal nicht nur Monate, sondern Jahre gearbeitet, wobei ich mich aber ganz sicher nicht mit berühmten Kollegen vergleichen will, gewiss nicht.

Während des Entwurfes für diesen Roman ist in der Zwischenzeit so viel passiert. Meine ursprüngliche Rahmenhandlung hat sich in der Realität verwirklicht. Ich kann nicht umhin, darauf nicht einzugehen, und so wurde die Handlung dieses Romans immer wieder ergänzt, die Handlung immer aktueller, eine Realität der Handlung gerät in den Bereich der Möglichkeiten.

Der Kern der Handlung des Romans ist ein versuchter Anschlag. Dieser kann **überall** in der Welt passieren. Und eigentlich gibt es davon schon zu viele. Auch deshalb – und um Personen und Örtlichkeiten zu schützen – habe ich darauf verzichtet, entsprechende Angaben zu machen oder Hinweise zu geben.

Es liegt mir fern, irgendwelche Gruppen zu verallgemeinern oder anzuprangern. Dafür gibt es schon zu viele andere Gesinnungsgenossen, von denen ich mich demokratisch energisch distanziere.

Leider ist aber auch nicht immer alles richtig, was dem Volk „von oben" so vorgesäuselt wird. Dazu habe ich im Laufe des Romans Stellung bezogen – siehe: die Probleme bei zu buchstabierenden Namen.

Leider hat es sich „inzwischen" aber auch bewahrheitet, dass nicht nur um ihr Leben fürchtende Menschen zu uns unterwegs waren/sind, denen „menschenrechtlich unbedingt geholfen werden muss". Für diese „wirklich Verfolgten" habe auch ich Spenden geleistet.

Nicht hinzunehmen ist, dass sich tatsächlich Menschenverachtende Personen unter Flüchtlingsströme mischen, was eine schamlose Ausnutzung dieser armen Menschen bedeutet, die Gefahr laufen, als Verallgemeinerung ebenfalls für gefährlich gehalten zu werden. Und dass es diese skrupellosen Personen gibt, dies geben nach und nach auch „die von oben" zu, was mir einfach zu scheibchenweise ist.

Es mag nur die eine geringfügige Entschuldigung dafür geben: Das Volk soll nicht unnötig beunruhigt werden. Die Ereignisse haben aber inzwischen wohl so gewirkt, dass Tacheles geredet werden muss, auch weil es sich nicht mehr vermeiden lässt.

In meinem Roman habe ich „versucht", außer den wirklich Hilfe bedürftigen Menschen trotzdem auch einige zu verstehen, die für uns unmenschlich handeln, ohne auch nur einen Moment ihr Tun zu entschuldigen, das ist nicht möglich. Anschläge gehören nun einmal zu den gemeinsten Dingen mit auf der Welt und sind in höchstem Maße verachtungswürdig.

Nicht nur in diesem furchtbaren Bereich gibt es wohl Menschen, die einfach von ihren Plänen nicht mehr abgehen können, sind sie einmal erst gefasst, und vielleicht haben sie es auch nicht immer noch in der Hand.

Das Zwiegespräch mit „Karim S." zum Ende des Romans kann so eine Situation meiner Meinung nach verdeutlichen, aber wie gesagt, eine Entschuldigung gibt es nicht nur eigentlich **n i c h t** .

... irgendwo in Deutschland

Tag 1

Freitag – 26. Februar 2016

Es ist noch früh – 5.40 Uhr. Der Tag schläft noch; die Nacht hat noch das Sagen. Es ist Februar, und draußen fällt lautlos der Schnee. Der Wecker schlägt Alarm, reißt jedoch niemand aus dem Schlaf. Denn **ER** ist schon eine geraume Zeit wach, hat schon eine Stunde lang den Geräuschen der Straße gelauscht.

Die Geräusche draußen klingen gedämpft, liegt wohl am Schnee, der anscheinend zusätzlich zu gestern in der Nacht seine Höhe in der Natur vergrößert hat. Zu hören sind noch keine Vögel; ganz im Gegensatz zum Frühling oder Sommer, wo die vielfältigsten Arten den Garten vor seinem Schlafzimmerfenster aufsuchen. So viele Arten sind inzwischen heimisch, dass eine Seite Protokoll darüber schon nicht mehr ausreicht. Und jedes Jahr scheint es mehr zu werden.

In der Etage über ihm läuft die Wasserspülung. Der Nachbar wird sich wieder hinlegen, braucht nicht zur Arbeit – so wie ER. Eine weitere Nachbarin wird sich erst Stunden später bemerkbar machen, schaut sie doch „bis in die Puppen" fern.

ER frühstückt nicht zu Hause, bekommt so früh noch nichts hinunter – seit über 40 Jahren. Frühstück gibt`s erst um 8.30 Uhr, im Büro, alles geregelt, Beamter eben.

ER steht auf, geht ins Bad. Routine? ER ahnt in diesem Augenblick nicht, wie die nächsten Tage sein Leben verändern werden.

Es ist jetzt 6.30 Uhr. ER hat 18 Kilometer vor sich. Der Schneeräumdienst hat schon eine Spur in die weiße Pracht der Nacht geschlagen. Felder und Bäume erstrahlen weiß im Scheinwerferlicht. Inmitten der Felder dampft der Bach, bemerkt er. Anscheinend wärmen Abwässer vom nahen Bauernhof das kalte Wasser der Nacht auf. Nebelschwaden steigen auf – sehr idyllisch. Von den Bäumen fallen die ersten Minilawinen, Anzeichen von zu viel Schnee auf den Ästen. „Ist auch besser so", findet ER. „Bevor die Äste von zu großer Last abbrechen und vielleicht noch auf der Straße landen."

Jeden Meter kennt ER hier, weiß auch um die Gefahren, die zu jeder Zeit aus dem Wald oder den Gräben kommen können. Es gibt viel Wild in der Gegend. Die Wildwechselschilder stehen hier nicht umsonst an den Straßenrändern.

Schon mehrfach sind auch ihm bereits Rehe vor der Nase über die Straße gelaufen. Wie jeder weiß – wo eines ist, da folgen oftmals noch weitere. Und Wildschweine gibt es auch in Massen. Sie richten auf den umliegenden Feldern recht viel Schaden an.

Auch heute geht wieder alles gut – bis hierhin jedenfalls. Es ist 6.57 Uhr, als ER seine Behörde vor sich liegen sieht. Sekunden später setzt er den Blinker, um in die Abbiegespur einzubiegen – wie jeden Tag eigentlich.

Eine Minute später steht sein Wagen vor der Schranke, die den Weg in die Tiefgarage versperrt. Den passenden Schlüssel im System umgedreht, die Schranke gibt den Weg nach unten frei. Der Schlüssel hat ihr signalisiert, das Fahrzeug hat die Genehmigung, dort hinein zu fahren. Er fährt los, das große Tor öffnet sich jetzt vor ihm – der Weg ist frei.

Um diese frühe Zeit gibt es noch reichlich Plätze in den Etagen der Tiefgarage. Zwar reicht die Anzahl nicht für alle Bediensteten der dortigen Behörden aus, aber jetzt hat ER noch die Auswahl. Und ER trifft seine Wahl. Wie bei vielen anderen auch, so ist es zumeist ein Stammplatz, der angefahren wird - wenn dieser nicht gerade „fremd-gewildert" wird.

Hier gilt eben – wer zuerst kommt, der parkt zuerst. Routine hin oder her, ER kann sich immer noch so manches Mal freuen, hier einen Parkplatz zu haben, dem weder Eis und Schnee, noch sengende Sonne etwas anhaben kann.

Keiner wird sich wundern, dass es immer auch ein Kampf ist, einen der begehrten Schlüssel zu bekommen, um dies alles nutzen zu können. Eine Art der Überlegung der Verwaltung ist, wer am weitesten weg wohnt, der kann auch zuerst einen Zugang erhalten. „Ist einleuchtend", denkt ER. „Verwaltungen können auch gute Ideen haben" – anscheinend, und mit seinen 18 Kilometern, da hatte ER ganz gute Karten.

Eine letzte Hürde – die verschlossene Stahltür zum Eingang in das Gebäude. Auch hier hilft der passende Schlüssel, um die Tiefgarage zu verlassen oder zu betreten.

Der Aufzug ist mal wieder defekt, Treppensteigen ist angesagt. Gut, dass ER heute keine Kiste Wasser dabei hat. Gerade will ER die Tür zur Treppe hinter sich schließen, da hört ER, wie sich die Tür der Tiefgarage quietschend erneut öffnet. Eine Kollegin folgt – mit einem Kasten Wasser.

ER schmunzelt, jetzt hat ER doch noch etwas Gewichtiges mit hinauf zu tragen. Die Belohnung ist eine dankbare Kollegin – sehr gern geschehen – ist ja auch eine Nette, obwohl – da hätte er auch keinen Unterschied gemacht – Kavalier eben.

Keiner von beiden ahnte in diesem Augenblick, dass sich ihr Schicksal in diesen letzten Februar-Tagen verknüpfen wird.

Am selben Morgen war Karim S. entgegen seinen sonstigen Gewohnheiten sehr früh aufgestanden. Für seine Verhältnisse war es noch mitten in der Nacht. Seine beiden Mitbewohner des kleinen zwei-Raum-Apartments schliefen noch. Karim S. jedoch war bereits hell-wach, trotz der frühen Morgenstunde. Bereits seit 2 Stunden lag er mit offenen Augen auf seiner Matratze und ging immer wieder dem nach, was er sich für heute vorgenommen hatte. Heute war Freitag, für die meisten der letzte Arbeitstag der Woche. Dann würde es endlich wieder Wochenende sein; man hätte den ganzen Tag Zeit für sich selbst und das, was man gerne machen würde.

Karim S. wusste, dass es für ihn kein normales Wochenende geben würde. Das würde es auch nicht für seine noch schlafenden Mitbewohner. Und noch viel weniger würde es einen ruhigen Wochenanfang für alle und einige weitere Personen werden, die jedoch davon noch keinen Schimmer hatten; wie auch, nicht einmal der Tag hatte einen klitzekleinen Schimmer – es war noch tiefschwarze Nacht.

Oben im Büro angekommen stellte ER die Wasserflasche, die ihm die Kollegin freundlicher Weise überlassen hatte, auf seinen Schreibtisch. Mit einem Blick stellte er fest, dass er zu Recht überlegt hatte, ob seine letzte Flasche bereits gestern ihren Geist aufgegeben hatte. Und das war auch so. ER stellte die Wasserflasche mitten auf seinen Schreibtisch – sozusagen in Sichtkontaktweite. Mit der Zeit hatte er sich angewöhnt, jeden Tag mindestens auch die eine Flasche auszutrinken, um nicht eine wasserlose Wüste in seinem Kopf entstehen zu lassen, die das Denken erheblich erschweren könnte. Zu wenig Trinken ist ungesund; das ergaben auch immer wieder die entsprechenden Artikel aus der Apothekerzeitung. Und seine Frau war auch inzwischen sehr zufrieden, dass ER das eingesehen hatte.

„Gerade ältere Menschen sollten darauf achten, genügend Flüssigkeiten zu sich zu nehmen", dachte er und schmunzelte vergnügt und mit stiller Freude, dass dies nicht von seiner Frau gekommen war. Während er einen großen Schluck aus der Flasche nahm, erinnerte er sich bei diesem Thema daran, wie oft er dies damals seiner Großmutter angemahnt hatte. Schließlich hatte sie akzeptiert und stellte sich ebenso immer eine Flasche vor sich auf den Tisch – hoffte er jedenfalls.

ER schüttelte den Kopf über diesen Vergleich, war sich aber der Wichtigkeit bewusst, da der Mensch ja zu ungefähr 70 % aus Wasser bestehen soll – also immer wieder genug nachfüllen.

Genug jetzt davon, dachte er, schließlich ist auch das Routine, ebenso wie die Fahrt zur Arbeit und das, was dann kommt. Und nach dem Schluck Wichtigkeit für den Kopf, da sollte er den jetzt auch gebrauchen. Denn sein Schreibtisch lag so ziemlich voll – und nicht nur der. Der Aktenbock daneben zeugte ebenfalls von viel Arbeit, die noch zu bewältigen war.

Fast leere und aufgeräumte Zimmer und Schreibtische, die kennt man vielleicht von Fernsehsendungen, wo sich Kommissare wochenlang mit einem Fall beschäftigen. Tatsächlich wird dies wohl kaum der Fall sein. Denn immer wieder kommt Neues dazwischen und an nur einem Fall – nun ja, das betrifft höchstens eine Sonderkommission mit gravierenden Fällen, für die auch die ganze Kraft ohne jegliche weitere Ablenkung erforderlich ist.

Dass auch ER in die Arbeit einer Sonderkommission geraten würde, das ahnte er nicht.

Beim LKA (Landeskriminalamt) war gerade eine Besprechung mit dem BKA (Bundeskriminalamt) zu Ende gegangen. Seit Wochen schon waren hier viele Köpfe damit beschäftigt, Licht in eine Information zu bringen, die anonym in Wiesbaden eingegangen war. Der Rauch im Besprechungsraum war regelrecht zu spüren. Zwar herrscht hier wie in eigentlich allen öffentlichen Gebäuden ein Rauchverbot, doch da man keine Zeit mit Rauchpausen vergeuden wollte, hatten einige Kollegen am offenen Fenster geraucht. Recht zügig war der Tabak in den Glimmstängeln verbraucht, nicht nur wegen der Eile wurde heftig „gezogen", nein, auch der kalte Februar verlangte seinen Tribut, und schnell hatten sich die Fenster wieder geschlossen. Und es lag nicht nur an den rauchenden Köpfen; der heute besonders starke Wind hatte den Rauch bis tief ins Zimmer getrieben, zum Leidwesen der Nichtraucher; zur geheimen Befriedigung der Raucher, die sich angesichts der verweilenden Dunstwolke wohl die eine oder andere Zigarette ersparen konnten.

Kriminalhauptkommissar (KHK) Wertracht vom LKA und seine Kollegin KHK`in Mundbar waren noch im Besprechungsraum. Die Kollegen vom BKA waren schon unterwegs nach Wiesbaden, um möglichst noch weitere Informationen zu sammeln. Die weiteren Kollegen der inzwischen gebildeten Sonderkommission (**„SOKO ANONYM"**) hatten ihre Aufgaben erhalten.

Sie sollen ebenfalls weitere Nachrichten sammeln, diese auf Brauchbarkeit untersuchen und gebündelt zur nächsten Besprechung vorlegen.

Es war eine lange Nacht gewesen, aber die beunruhigende anonyme Information, die eingegangen war, musste mehr als sehr ernst genommen werden, und so war diese Zusammenkunft als Nachtsitzung bis in die frühen Morgenstunden ausgeartet.

Das nächste Treffen für das SOKO - Team war am Montagnachmittag vorgesehen, falls nicht dringende Angelegenheiten diesen Termin frühzeitig canceln würden.

Dass dies mit dem Montagstermin nicht reichen würde, auch das konnte das Team in diesem Augenblick nicht ahnen.

Im kleinen Apartment, eigentlich für drei Personen zu eng, weckte Karim S. seine beiden immer noch schlafenden Mitbewohner: „Hoch mit euch, genug geschlafen. Es gibt noch viel zu tun."

Grummelnd und brummelnd reckten sich diese und erhoben sich zum Ärger von Karim S. nur widerwillig. Gut, auch sie hatten eine kurze Nacht, weil sie noch bis Mitternacht immer wieder und wieder ihren Plan durchgesprochen hatten. Inzwischen wusste jeder genau, was er zu tun hatte. Und zur Ausführung ihrer Angelegenheiten mussten sie hellwach sein – nicht nur das, sie mussten auch voll konzentriert bleiben.

Karim S. hatte schon einen starken Kaffee in Gang gebracht. Eine Maschine dafür gab es nicht. Die Drei hatten das Apartment praktisch leer gemietet, ohne jegliche Küchenutensilien. Sie lebten aus Rucksäcken, ihr einziges Reisegepäck. Nur die drei Matratzen, die hatten sie preiswert erworben, denn ihre Mission – einschließlich der genauen Beobachtung vor ihrem heiklen Einsatz - dauerte schon einige Wochen. Und diese Zeit wollten sie nicht auf dem harten Beton verbringen. Das Apartment hatte nicht einmal einen Teppichboden. Neben den Matratzen war das Badezimmer für sie der wichtigste Ort in dieser Enge.

Außer den Normalitäten, für die man ein Badezimmer braucht, hatte dieses noch eine andere Funktion. Durch die Rucksäcke war auch die Kleidung der Drei begrenzt, und die Dusche musste auch als eine Art Waschmaschine her halten. Die Drei hielten sich fast vornehmlich im Apartment auf, jegliche Aufmerksamkeit vermeidend; außer wenn es ihre Aufgabe dringend erforderte.

In seinem Büro sprang der große Zeiger der Wanduhr mit lautem Klick auf 8.30 Uhr. Diese Zeit war ein Ritual. Da lief schon die Kaffeemaschine, die eine Kollegin oder ein Kollege freundlicherweise mit Wasser, Filter, Kaffee und dem Strom des Lebens gefüttert hatte. Nach und nach würde sich jetzt der Besprechungsraum mit weiteren Kolleginnen und Kollegen füllen, um ein paar Minuten auf andere Gedanken zu kommen, sich einen Kaffee und dazu aus der Kantine ein leckeres Brötchen zu genehmigen.

Angesichts der frühen Kaffee-Morgenstunde gab es an manchen Tagen nur sehr langsam in Gang kommende Gespräche. Erst der Kaffee konnte wohl die Wirkung bringen, um für den Tag wirklich wach und gerüstet zu sein. Dabei machte es anscheinend keinen Unterschied, ob einige schon zu Hause einen hatten oder nicht. Nach privaten Dingen standen auch die weltlichen Geschehnisse auf dem Programm, gefolgt von dienstlichen Ereignissen und Fragen. Schließlich saßen hier Fachleute der verschiedensten Abteilungen zusammen. Den Blick auf das, was vor einem und was nach einem passiert, dies erst bringt es im Beruf mit sich, auch vernünftige Anordnungen zu treffen. Und mit Blick auf die dienstlichen Belange brauchte somit auch keiner ein schlechtes Gewissen wegen der Kaffeepause zu haben.

Für „ihn" war es eine kurze Pause. Noch kaum die Tasse berührt, eben erst den ersten Zug genossen, beendete das schrille Verlangen des Zimmertelefons die soeben begonnene Entspannung im Raum. ER wurde zum Chef zitiert.

Was konnte denn nur so eilig wie eine dringend benötigte Kaffeepause sein?

Im Apartment lehnten jetzt die drei Matratzen an der Wand. Ein paar Tassen Kaffee, obwohl nicht das bevorzugte Getränk der Drei, hatten den Rest der Müdigkeit der Nacht vergessen gemacht. Der Platz im Apartment wurde nun anderweitig benötigt. Die Drei hatten einen Stadtplan auf dem nackten Fußboden ausgebreitet und Karim S. mit seinen beiden Mitbewohnern beugten sich angestrengt darüber. Karim S. war der Chef in dieser Gruppe, seine Mitstreiter Mulan O. und Khalid B. seine bedingungslosen Zuhörer. Wieder und wieder fuhren ihre Finger über die ausgewählten Wege auf der Karte, die auserkorenen Straßen und weitere Punkte.

Viele Tage vorher hatten sie ihre „Arbeit" begonnen oder besser: DEN AUFTRAG. Das Gebäude, das sie dabei im Auge hatten, war ihnen vorgegeben worden. Die Personen, die sie auskundschaften sollten – oder besser deren Gewohnheiten – waren ebenfalls bekannt.

Und dies hatten die Drei gründlich getan. Abwechselnd mit dem Fahrrad radelnd waren sie am Gebäude vorbei gefahren. In Abständen zwar, aber immer wieder. Dabei hatten sie darauf geachtet, nicht aufzufallen. Nicht nur das abgewechselte Vorbeifahren hatte dazu beigetragen, sondern auch ihre Kleidung – sie trugen Wechseljacken; angesichts ihres schmalen Kleidungsetats in den Rucksäcken genial.

Somit hätte ein Beobachter, der die Straße nicht als Auftrag, sondern nur unbewusst im Auge hatte, denken können, dass sechs verschiedene Personen vorbei fuhren.   Und was sollte an Radfahrern in einer Fahrradstadt auch schon besonders sein.

Bei ihren wie vorab geschilderten Fahrten, die allerdings immer zu bestimmten Zeiten stattfanden, hatten die Drei auch ihre Zielpersonen kennen gelernt.

Die Beschäftigten „des auserwählten Gebäudes" hatten – wie fast jeder zur Arbeit pendelnde Arbeitnehmer – so ihre Gewohnheiten, die auch andere bei genauer Beobachtung erfahren konnten, was hier der Fall war.

Die Planung war abgeschlossen, bis zum Schluss – einschließlich des Fluchtweges.

In der Chefetage hatten sich vor der „Tür zum Allerheiligsten" bereits einige Mitarbeiter der Behörde eingefunden. Und einigen davon war anzusehen, dass sie mit gemischten Gefühlen dort standen.

„Kommen sie doch bitte alle einmal zu mir herein", bat eine (noch ?) nicht unangenehme Stimme die Wartenden. Nachdem alle ihre Plätze eingenommen hatten, wurde es dann amtlich.

„Ich habe sie hierher gebeten, damit wir alle gemeinsam einmal etwas Grundsätzliches klären können", eröffnete der Chef das Gespräch. „Die Sache ist etwas heikel. Eigentlich bestehen ja Richtlinien, die dieses Gespräch nicht unbedingt hätte erforderlich machen müssen. Um direkt zum Punkt zu kommen: Wir haben hier ein Schreiben des Bundesinnenministeriums vorliegen, welches eigentlich an den hier anwesenden Kollegen – und der Blick ging eindeutig auf „ihn" – adressiert ist. Versehentlich wurde es aber vorher geöffnet, was bei der Vielzahl der Posteingänge durchaus passieren kann, wie wir alle wissen."

Blicke und Gemurmel waren sichtbar und hörbar spürbar. Die Auflösung des Rätsels dieser Zusammenkunft war aber allen immer noch unklar, schien aber jetzt unmittelbar bevor zu stehen.

„Wie wir alle wissen", fuhr der Chef fort, „wir haben bei dienstlichen oder halbdienstlichen Belangen im Verkehr mit Oberbehörden einen vorab bestimmten Weg einzuhalten."

„Ihm" schwante jetzt deutlich, was diese Versammlung für einen Grund hatte - ER war der Grund. Nicht ER direkt persönlich, aber ein Schreiben, was er einfach an den zuständigen Innenminister gesandt hatte, direkt versandt hatte. ER hoffte, dass jetzt nicht das Ganze folgen würde, was an Verordnungen und Ausführungsbestimmungen in der Welt war. Der Chef, nicht nur Dienstherr, sondern auch noch Mensch geblieben, verzichtete zum Glück auf eine ausholende Belehrung. Mit einem nochmaligen Hinweis auf die Reihenfolge der Bestimmungen im Schriftwechsel-Verkehr wurden die Mitarbeiter – bis auf „ihn" in ihre Dienstzimmer entlassen. Die amtliche erneute Vergatterung/Belehrung war erfolgt.

„Da mir ja der vorliegende Antwortbrief des Innenministers schon geöffnet vorgelegt wurde, konnte ich nicht mehr umhin, vom Inhalt – nur grob - Kenntnis zu nehmen", erklärte der Chef.

„Das ist auch in Ordnung so", antwortete ER. „Ich wäre ohnehin damit auch zu ihnen gekommen, denn der Inhalt ist aufschlussreich auch für unsere gesamte gemeinsame Arbeit im Hause."

Die beiden gingen jetzt den Inhalt des Briefes des Innenministeriums zusammen durch. Es handelte sich bei diesem Antwortschreiben um eine Reaktion auf eine schon vor ein und einem halben Jahr von „ihm" erfolgte Mitteilung an das Ministerium. Anscheinend war oder konnte eine Antwort erst jetzt erstellt werden. Es dürften auch so einige Schreibtische und Hände im Spiel sein, bis der Minister, an den „sein" Schreiben persönlich gerichtet war, dieses auch in Händen hielt – wenn es denn überhaupt den ganzen Weg zu ihm schaffte. ER musste innerlich schmunzeln, denn er allein wusste, dass bereits ein weiteres Schreiben an den Minister, der im Übrigen gewechselt hatte, unterwegs war und auf dessen Antwort er bereits ebenfalls wartete. „Dieses Schreiben", begann der Chef, „ist wirklich recht brisant. Aber da sie die Fakten anonymisiert haben, wurden auch keine relevanten direkten Daten von Personen oder direkten Vorgängen bekannt. Somit wurde das Dienstgeheimnis gewahrt. Ihre Aufstellung ist aber wirklich auch dienstlich sehr interessant."

„Es geht mir schon eine ganze Weile sehr gegen den Strich", sagte ER, „ immer nur von Einzelfällen oder von zu vernachlässigender Statistik zu hören, wenn Verfahren hier oder Taten in der Presse gemeldet werden, bei denen Täter Namen haben, die man einfach nur buchstabieren kann."

Und weiter fuhr ER fort: „Ich versichere, dass dies keinesfalls nur im Geringsten etwas mit Ausländer-Feindlichkeit zu tun hat. In meinem Brandbrief hatte ich auch geschrieben, dass auch wir viele Freunde im Ausland haben; dass wir auch Freunde aus Polen haben (… ist nicht als oft gehörtes Vorurteil gemeint), denen ich zu jeder Zeit meinen Autoschlüssel geben würde. Es ist einfach manchmal kaum mehr zu ertragen, wenn man inzwischen zu zwei Drittel am Tage – und jeden Tag – mit Fällen zu tun hat, wo diese zu buchstabierenden Namen anfallen. Wenn man – wie gesagt – dann von den höchsten Stellen die Beschwichtigungen erfährt und es aber selbst täglich mit ansehen muss, dann ist das schon eine Sache, wo man langsam aus der Haut fahren kann. Ich weiß auch, dass wir   h i e r   jetzt nichts daran ändern können, da alles immer schon passiert ist, aber inzwischen wie am Fließband mit diesen Sachen zu arbeiten, das ist nicht gerade ermutigend für den Kopf. Und ich finde, dies muss einfach einmal gesagt werden und es muss auch erlaubt sein, einmal etwas sagen zu dürfen."

„Ich kenne Sie und Ihre Arbeitsauffassung ja sehr gut und diese ist in keinem Fall zu beanstanden. Deshalb ist das auch zu unterstützen, wenn dies so gesagt wird; Klartext ist immer gut", sagte der Chef schmunzelnd.

„Wenn man dies in der Öffentlichkeit nicht ganz so drastisch ausgibt, dient das wohl in erster Linie zur Beruhigung; auch um einer eventuellen gewissen Panik vorzubeugen. Ich bin mir sicher, dass „ganz oben" eine speziellere Meinung besteht, die eben – wie gesagt – öffentlich nicht ganz so dargelegt wird."

„Ich bin jedenfalls froh", sagte ER, „dass wir darüber gesprochen haben; es musste einfach mal raus. Und schließlich sind hier bei uns alle Mitarbeiter betroffen, die alle am Fließband mit diesen Sachen beschäftigt sind und sich ausführlich vielleicht mit gravierenderen Fällen beschäftigen würden, für die dann die Zeit fehlt. Übrigens, dies ist nicht der einzige Kontakt zum Ministerium. Bereits etliche Jahre vorher hatte ich schon die Befürchtung, dass dies passieren könnte. Ich meine nicht die Flucht aus Kriegsgebieten wie jetzt Syrien und so weiter, nein, damals war das Thema die Osterweiterung. Ich hatte vom damaligen Bundesinnenminister in Funk und Presse heraus gelesen, dass auch dieser der Ansicht war, diese Öffnungen behutsam anzugehen, keinesfalls einen Schnellschuss vorzunehmen, zu vermeiden, dass die Grenze wie von einer Sturmflut überrollt wird. Und ich hatte auf meine Befürchtungen hin einen vier Seiten langen Brief als Antwort erhalten; vier Seiten, also sah man bereits damals das Thema wohl als wichtig an."

Die Aussprache war zu Ende, und ER hatte ein gutes Gefühl, dass die Leber wieder freier war. Trotzdem hatte ER sich in den nächsten Minuten bis zum Feierabend wieder damit zu beschäftigen, worüber gerade erst geredet worden war.

„Ihm" fiel in diesem Augenblick ein, dass ER bereits vor sehr vielen Jahren einmal einen weiteren Brief verfasst hatte, ebenfalls nicht auf dem Dienstwege, was aber seinen Grund hatte. Verwaltung hat ja bei manchen Bürgern nicht gerade den besten Ruf, aber manchmal hat auch der dort Arbeitende das Gefühl, dass „man etwas unternehmen" muss. Es ging damals um ein Formular, das der entsprechende Sachbearbeiter auszufüllen hatte. Darin hatte ER „sich zu bescheinigen, w a s ER gerade gemacht hatte"! Bei etlichen Tausend Sachen im Jahr ist das auch eine ungeheure Menge an Papier. Wenn man das mal hochrechnet, weil diese Vorgänge auch bei anderen Behörden tatsächlich anfallen, eine unglaubliche Menge an verschwendetem Material. Man hatte „ihm" zu verstehen gegeben, dass man sich das an „höherer" Stelle wohl gut überlegt hat, sprich: „kümmere dich nicht um Sachen, die dich nichts angehen!" S o war das jedenfalls bei „ihm" angekommen. Aber darüber sollte nicht das letzte Wort gesprochen sein.

So hatte ER Zeile für Zeile das entsprechende Formular auseinander genommen, jeweils eine Begründung geschrieben, die letztlich ergab, dass das Formular „überflüssig" ist.

Dann hatte ER, wenn man es denn so wollte, dies alles direkt an eine Behörde in Düsseldorf versandt, an den „Interministeriellen Ausschuss für das behördliche Vorschlagwesen".

Schließlich war selbst bei der Bundeswehr einmal der Satz „vom mündigen Bürger" (in Uniform) geprägt worden, auch wenn dort besonders „Befehl und Gehorsam" angesagt ist.

Schon kurze Zeit später wurde das Formular abgeschafft, na bitte – geht doch!

Der Freitag ging zu Ende; beruflich jedenfalls war es „sein" letzter Freitag.   ER verschloss sein Büro, warf noch einen Blick auf die inzwischen beinahe leergeräumten Wände, deren ehemals vorhandenen Bilder bereits bei ihm zu Hause eingelagert waren und machte sich auf den Weg in die Tiefgarage.

„Sehen wir uns irgendwann einmal wieder?" fragte der Pförtner.   „...ist doch dein letzter Tag heute oder nicht?"

„Wir sehen uns am Montag noch einmal", erwiderte ER. „Montag ist erst mein letzter Tag – wir haben doch ein Schaltjahr. Da muss ich doch glatt einen Tag länger arbeiten, was für ein Pech auch!"

Beide lachten vergnügt, wünschten sich noch ein schönes Wochenende. Die Tür zur Tiefgarage schloss sich quietschend hinter ihm.

Tag 2

Samstag - 27. Februar 2016

ER hatte wieder eine Woche geschafft. Aber dieses Mal war es nicht nur eines der vielen Wochenenden. Es war das letzte Wochenende in seinem langen Berufsleben. Nach diesem Wochenende würde ER am Montag ein letztes Mal ins Büro müssen. „Müssen" – dachte ER schmunzelnd vor sich hin. Na ja, eigentlich „musste" ER weit über 40 Jahre lang hin, weil man ja irgendwie Geld zum Leben verdienen muss. Aber nicht nur deshalb; sein Beruf hatte ihm – wenn auch nicht Freude bereitet, so konnte man es nicht sagen – eine sinnvolle Aufgabe gegeben. Wenn es da nicht die letzten Jahre gegeben hätte, die wie Fließbandarbeit abgespult werden mussten und die veränderten „Buchstaben-Kunden", die nicht nur ihm zunehmend mehr als nur große Sorgen bereiteten.

Und diese Sorgen teilten auch die zahlreichen Kolleginnen und Kollegen - nicht nur in seinem Bereich. Zahlreiche Gespräche wurden im Laufe der Zeit mit weiteren (Dienst-) „Betroffenen" geführt, und seine Eindrücke von immer mehr zu buchstabierenden Namen teilten fast alle Gesprächspartner und –innen, arbeiteten diese in Justizvollzugsanstalten, bei der Polizei oder dem Landeskriminalamt.

Und ein sehr großer Anteil war ebenfalls empört über die Öffentlichkeitsarbeit, die Abmilderung, die Beruhigung der Bevölkerung, die nicht ahnt, wie es wirklich in den Herzen und Köpfen der mit schlimmen Dingen befassten Bediensteten aussieht.

Für „ihn" würde diese tägliche Auseinandersetzung zumindest dienstlich vorbei sein, aber nicht privat. Die Zurückbleibenden waren nicht zu beneiden.

ER würde sich am heutigen Samstag ablenken – mit einem schönen langen Spaziergang mit seiner Frau. Und dann stand – wie fast jeden Samstag – die Liveübertragung der Samstag-Bundesliga-Fußball-Spiele im Radio an, die ER immer als sehr spannend empfand, da jedes Tor seinen Tippschein empfindlich verändern konnte.

Zum Abendessen am Sonntag war bereits ein Tisch im Lieblings-Restaurant bestellt. Das Wochenende versprach somit einen ruhigen und wohltuenden Ausgleich zu nehmen, im Gegensatz zu den Aufgaben, denen ER sich am Montag wieder stellen würde.

Im Apartment herrschte angespannte Ruhe. Erst am Montag in aller Frühe würde die Energie der Drei voll gefordert sein. Dann würde „das Eigentliche" seinen Lauf nehmen. Die Drei nutzten die Zeit für die „große Wäsche", denn schon bald würden sie auf der Flucht sein. Sie erinnerten sich noch allzu gut an die Zeit, wie sie sich auf den Weg nach Deutschland gemacht hatten. Der große Strom der Flüchtlinge hatte sie so gut wie verschluckt. Inmitten der vor dem Syrien-Krieg fliehenden Menschen und anderen, die raus aus ihrem bisherigen Heimatstaat wollten, waren sie nur ein winziger Bruchteil eines unendlich langen Menschenstromes, der täglich in Richtung Europäische Union drängte. Sie fielen somit nicht auf, sehen Menschen aus dem östlichen oder arabischen Raum doch für Westeuropäer ziemlich ähnlich aus.

Am meisten gefährdet war Karim S., der neben dem, was er auf der Haut und im Rucksack trug, sich auch noch zwei kleine Päckchen auf die Haut geklebt hatte, Päckchen, die sich wie Knetmasse anfühlten.

Im unendlichen Strom der Menschen waren auch viele Kinder, teilweise von ihren Eltern oder ihren erwachsenen Begleitern getrennt, unterwegs. So fiel es absolut nicht auf, wenn Karim ab und zu ein noch kleineres Kind auf seine Schultern nahm – perfide, aber für seine Zwecke sehr nützlich.

Von den mit ihm reisenden Menschen erhielt er sogar Blicke der Anerkennung. Half er doch den wirklich Hilfsbedürftigen, den Kindern, die nicht die Kraft der Erwachsenen hatten, diesen langen Marsch ins Ungewisse durchzustehen. Was ihm gar nicht gefiel und ihm sicher noch große Schwierigkeiten bereiten würde, war der Verlust eines der Päckchen. Er wusste nicht wo, eventuell bei einer schwierigen Fluss-Überquerung, aber irgendwo war es passiert. Eines der Päckchen war einfach nicht mehr da. Er hatte dies noch nicht „gemeldet", hatte die Angst, man könnte ihn von seinem Auftrag als unbrauchbar abziehen. Nein, das durfte einfach nicht geschehen. Zu groß war seine Hoffnung auf ein besseres Leben, wenn er sich denn nur bewähren würde. Er tat dies alles nicht nur für sich; die Angehörigen seiner großen Familie würden es einmal besser haben. Zumindest hatte man ihm dies gesagt. Er selbst würde nach diesem Auftrag ja auch vielleicht gar nicht mehr in die Heimat zurück kehren. Aber das war ihm in diesem Augenblick egal, auch wenn ihm die Nachrichten in den Netzen, Zeitungen und Fernsehberichten einige Zweifel ins Gehirn dringen ließen.

Er hatte davon gehört, wie Flüchtlinge regelrecht in die Boote getrieben wurden, wenn sie sich auf die gefährliche Flucht erst einmal eingelassen hatten. Seine Zweifel wuchsen, aber jetzt war es wohl zu spät.

Solange er noch im Besitz wenigstens des einen Päckchens war, fühlte er sich nach wie vor bereit für das, was er tun sollte. Er hatte es versprochen und die Ehre verlangte es von ihm. Er dachte an seine Familie, die er vielleicht nie wieder sehen würde, für die er aber bereit war, sein Leben zu opfern. Und je mehr er sich den Kopf zermarterte, er sah trotzdem keinen anderen Ausweg.

„Es ist zu spät für mich, das zu beenden, was ich niemals hätte beginnen sollen", sagte er leise zu sich selbst. „Entweder meine Angehörigen bleiben als Verlierer zurück oder ich. Ich habe keine Wahl mehr."

Bei der „SOKO ANONYM" gab es kein Wochenende. Da es aber keine gravierenden weiteren Hinweise auf das Besorgnis erregende Ereignis gab, war am Wochenende „nur" ein kleines Team im Dienstgebäude.

„Ich habe gerade noch einmal beim BKA in Wiesbaden nachgefragt, ob es dort weitere Erkenntnisse gibt", rief KHK Wertracht seiner Kollegin zu. „Dort ist man aber auch noch nicht weiter gekommen."

„Es ist schwer zu ertragen", erwiderte seine Kollegin KHK`in Mundbar am Nachbarschreibtisch, „dass wir im Augenblick auf unseren Kollegen Zufall angewiesen sind. Aber du hast recht, mehr können wir im Augenblick wirklich nicht tun."

„Es war richtig, die meisten unserer Kollegen und Kolleginnen vom Team zum Ausruhen nach Hause zu schicken", sagte KHK Wertracht. „Sie müssen verdammt ausgeschlafen sein, wenn die Ereignisse es erfordern. Übrigens, auch du solltest mal Pause machen und ein paar Stunden am Stück schlafen, solange dies noch geht."

„Das ist wohl so in Ordnung, im Augenblick jedenfalls. Ich löse dich dann in ungefähr 6-8 Stunden wieder ab. Ist das auch für dich ok?" fragte KHK`in Mundbar, irgendwie erleichtert über die paar Stunden Schlaf, die sie sehnsüchtig erwarteten.

„Nun zieh schon Leine", lachte KHK Wertracht. „Jede Minute, die du noch hier bist, ziehe ich dir von deiner Pause ab."

„Bloß das nicht – ich bin ja schon weg!" rief die Kollegin und verschwand einen Augenblick später durch die Bürotür, die noch einmal kurz pendelte und sich dann mit einem lauten Klick schloss.

KHK Wertracht schaute schon etwas wehmütig auf den jetzt leeren Schreibtisch der Kollegin, aber im Team war es eigentlich jeder gewohnt, nicht allzu viel an Schlaf zu bekommen, wenn mal wieder ein komplizierter Fall anstand, der nach Lösung schrie.

Innerlich freute er sich jedoch schon auf die Rückkehr der Kollegin; die Ablösung würde auch ihm hoffentlich eine kurze Atempause bescheren.

Eine Stunde später neigte sich sein Kopf verdächtig Richtung Schreibtisch. Die Übermüdung schien ihren Preis zu fordern. Als Gegenwehr nahm er sich die Unterlagen seiner Kollegin noch einmal vor. Sie hatten sich beide angewöhnt, ihre Informationen gegen zu lesen, um sicher zu stellen, dass auch jedem jede Kleinigkeit vorlag und bekannt war.

Auch hielt er noch einmal Rücksprache mit den Kollegen vom BKA. Aber den Kollegen und Kolleginnen dort ging es nicht besser – keine neuen Hinweise, auch dort machte sich Müdigkeit breit. Auch dort hatte man einen Teil des Teams in einen stundenweisen Erholungsschlaf geschickt.

Sowohl beim LKA und beim BKA waren jedoch alle auch weiter in Bereitschaft, und jede Sekunde konnte das Klingeln eines Handys die vergönnte Erholung unterbrechen.

Tag 3

Sonntag - 28. Februar 2016

Der Fußballkrimi der Bundesliga im Radio am Samstag war für „ihn" wieder sehr interessant gewesen. Bis kurz vor Ende der Konferenz-Schaltungen hatte es auf seinem Tippzettel noch sehr gut ausgesehen. Aber da auch nur ein Tor alles verändern kann, hatte ER kurz vor Schluss der Übertragung kurz auf gemurrt.

In der Nachspielzeit war noch ein Tor gefallen, das ihm gar nicht mehr gefallen hatte, egal, wer der Torschütze war. Aber noch war alles möglich. Der Tippschein sah heute am Sonntag noch weitere drei Spiele der 2. Liga vor, die den Tipp der 1. Bundesligavereine vervollständigte. Der gesamte Tipp bestand schließlich aus dreizehn Spielen.

Leider blieb es dabei, dass dieser eine Treffer in der Nachspielzeit vom Samstag, der für ihn ungünstig war, nicht mehr aufzuholen war. Der Führende des Tipps blieb mit einem Punkt vorne.

Also war s e i n Tipp im Punkteergebnis damit nur Zweiter aller Tipper, und anderswo würde jetzt ein Tippkollege jubeln, dass der mit seinem Tipp in Führung lag, blieb und den Wochengewinn einstreichen durfte.

„Nicht zu ändern", dachte ER. 16 weitere Tippkollegen würden jetzt - wie „ER" - ein wenig enttäuscht ihre Tippzettel an die Seite legen. Aber jede Woche gab es auch wieder eine neue Chance, die meisten Punkte für das richtige Erraten der Spielergebnisse zu erlangen. Und der Wochentipp war eigentlich auch nicht das Wichtigste. Gut, ein kleiner Wochengewinn war schön, aber insgesamt waren die Treffen zweimal im Jahr doch das Beste an dieser ganzen Tipperei. Jeder von ihnen freute sich schon immer lange auf den nächsten Termin, wo sich auch die Kollegen treffen, die schon ausgeschieden sind, sich lange nicht gesehen haben.

ER checkte noch einmal im Netz die Fußball-Ergebnisse, damit nicht doch noch ein Tor verkehrt notiert worden war, aber es blieb dabei - an diesem Wochenende war ein anderer Kollege der bessere Tipper.

„Beinahe an die 50 Jahre gibt es uns nun schon als private Tippgemeinschaft", dachte er und konnte sich noch recht gut an die Gründung „damals" erinnern. Nur vier Gründungsmitglieder waren jetzt noch dabei. Und ER war eines davon.

In dieser gesamten Zeit hatte er bei den Tippfesten nur insgesamt zwei Mal gefehlt. Das eine Mal hatte es ihn krankheitsbedingt davon abgehalten, das zweite Mal war es eine Hochzeit im engsten Familienkreise, die ausgerechnet auf den Tag des Tippfestes fiel.

Und obwohl es eigentlich keine andere Ausrede als den eigenen Tod oder eine schwere Krankheit gab, diese Hochzeit hatte nun einmal Vorrang; andere Anlässe hätte er mit Sicherheit abgelehnt. Ist Familie etwa doch „dicker als Blut"?

Inmitten dieser Gedanken riss ihn die Frage seiner Frau aus seinen Überlegungen. „Meinst Du, wir könnten jetzt langsam los, zum Restaurant?"

„Ich komme, Schatz", war seine Antwort. „Auch mein Körper ruft nach einem leckeren Essen, und auch ein schönes „Alt" vom Fass wäre nicht schlecht."

„Ist ja schon gut, Du kannst auch zwei oder drei davon einplanen. Ich fahre dann nachher zurück", schmunzelte seine Frau – und los ging`s. Die Fahrt war nur kurz; gerade einmal zwölf Minuten braucht man bis zum Restaurant – ihrem Lieblings-Restaurant. Beide freuten sich schon unterwegs auf das, was sie erwarten würde - von der freundlichen Begrüßung der Chefin bis zum leckeren Gericht des Chefs, der auch Chef in der Küche ist.

Und nicht zu vergessen freuten sie sich natürlich auch wieder auf ihren aufmerksamen Lieblingskellner, der ihnen ihre Wünsche praktisch von den Augen ablesen konnte. Er brauchte immer nur eine Antwort auf die eine Frage: „Alles wie immer, alles geregelt?" Und auf die bestätigende Antwort seiner Gäste lief dann das Wunschkonzert mit vollster Zufriedenheit für alle ab, will heißen, dass es auch mal für 3 – 4 Altbier reichte, wenn vorher nicht das entsprechende „Genug"-Handzeichen erfolgte. Und alles ohne ein Wort.

Wie magisch gesellt sich immer rechtzeitig ein frisch gezapftes Alt auf den Tisch, wenn das Glas davor zum Trockendock geworden war.

Beim LKA herrschte höchste Alarm-Stimmung. Am frühen Abend war eine Nachricht herein gekommen, dass ein Handy gefunden wurde.

„Was ist denn so besonders an diesem Handy?" fragte KHK'in Mundbar, die soeben ihren hübschen Kopf durch die Tür steckte.

„Dieses Handy ist auf einer der Fluchtrouten im Balkan gefunden worden. Nicht irgendein Handy, sondern ein Handy, welches bereits bei einer Behörde registriert ist. Von dem aus sind Gespräche mit Personen geführt worden, die der terroristischen Szene zuzuordnen sind", erklärte KHK Wertracht seiner Kollegin. Weitere Kollegen gesellten sich zu ihnen.

Und KHK Wertracht ergänzte: „Da dieses Handy auf dieser Route gefunden wurde, ist es möglich, dass der Besitzer, der es offensichtlich verloren hat, schon sehr viel weiter gereist ist. Und wir müssen mit allem rechnen, auch damit, dass er auf dem Weg nach Deutschland ist – vielleicht schon irgendwo hier ist."

„Zu schade, dass diese Person dieses Handy wohl wirklich unabsichtlich verloren hat", sagte KHK'in Mundbar.

„Jetzt haben wir keine Ortungsmöglichkeit mehr, wie wenn das Handy noch im Gebrauch wäre. Gibt es Hinweise auf einen Besitzer des Handys?"

„Leider gibt es keinerlei Hinweise auf den letzten Benutzer des Handys", bemerkte KHK Wertracht, und es war deutlich zu merken, dass eine gewisse Hilflosigkeit im Raum stand, der im Augenblick niemand etwas entgegen zu setzen hatte.

Die SOKO war darauf angewiesen, dass weitere Informationen bei ihnen eintreffen würden. Und alle hofften, dass diese kommenden Informationen nicht bedeuteten, dass bereits etwas Schlimmes passiert ist.

Im Apartment war den Dreien anzumerken, dass die Spannung im Raum anwuchs. Sie sahen sich noch einmal die letzten Meldungen der verschiedenen Fernsehsender an. Nichts deutete in den Nachrichten auf die Drei hin – oder auf ein bevorstehendes Ereignis. Die Sender brachten keinerlei Warnhinweise für die Bevölkerung.

Karim S. bedauerte nun schon zum hundertsten Mal, dass er auf dem Weg nach Deutschland nicht nur eines seiner „Päckchen" verloren hatte. Nein, musste es auch noch sein Handy sein, auf dem er die Verbindungsdaten gespeichert hatte. Eigentlich sollte er die Nummern auswendig lernen, keinesfalls speichern, wie er es getan hatte.

Nun hatte er die Folgen zu tragen. Er konnte keine Rücksprache mit seinen Auftraggebern nehmen, konnte nicht wissen, ob sein Auftrag geändert worden war. „Ich habe versagt", sagte er leise zu sich. „Ich habe jetzt einfach keine andere Wahl mehr!"

Nachdem die Drei festgestellt hatten, dass ihnen wohl keine Entdeckungsgefahr bevorstand, legten sie sich auf ihre Matratzen, nicht ohne einen Weckruf für den frühen Morgen eingespeichert zu haben.

Morgen würde endlich der Tag sein, an dem die Drei ein Zeichen setzen würden.

„Und vielleicht wird Morgen der letzte Tag meines Lebens sein", dachte Karim. „Ich hoffe, meine Familie wird mir verzeihen!"

Tag 4

Montag – 29. Februar 2017

Wieder ist es 5.40 Uhr.   Der Wecker verlangt nach „ihm". Wieder ist **ER** bereits wach. Doch heute ist es nicht nur reine Routine, es ist sein letzter Arbeitstag und ein Schaltjahr-Tag.   An einem normalen Februar-Tag wäre er jetzt schon „für immer zu Hause" – nach genau 48 ½ Jahren.   Musste ihn jetzt unbedingt ein Jahr treffen, in dem der Februar einen Tag Überstunden macht?   ER schmunzelte darüber, würde aber auch diesen einen „Mehr-Tag" noch verkraften.   Schließlich hatte er einmal bei 500 Arbeits-Tagen angefangen zu zählen, und jeden Tag nahm diese Zahl um eine Ziffer ab. Und jetzt war es soweit – sein letzter Arbeitstag! In der Nacht hatte es wieder geschneit, nicht viel, aber in seiner Straße zeichneten die Reifen seines Wagens eine frische Spur.   Noch niemand hatte den Schnee unter seinen Pneus begraben – niemand ?   Doch, wenn er genau hin sah, da war dort eine sehr schmale Spur im frischen Schnee zu sehen.   „Na klar", fiel ihm ein: „Die Zeitung steckt ja schon im Briefkasten.   Also ist doch schon jemand vor mir unterwegs gewesen."

Und immer noch schmunzelnd bog er vorsichtig um die erste Ecke, die immer eine große Gefahr dar stellte.   In dieser Kurve konnte man bei Glätte sehr leicht abdriften und im Zaun am Eckgrundstück landen.

„Das würde mir gerade noch fehlen – am letzten Tag noch einen Unfall zu haben", sagte ER zu sich selbst. ER ahnte nicht, dass dieser Morgen überhaupt nicht normal ablaufen würde – wie auch.

Im Apartment war man ebenfalls sehr früh aufgestanden und jetzt voll wach. Karim S. hatte die letzten Anweisungen gegeben. Dann hatten sich er und seine beiden Mitbewohner getrennt auf den Weg gemacht. Das Ziel von Karim war das ins Auge gefasste Gebäude. Dort würde der letzte Countdown beginnen und auch dort alles enden. Ihm war nicht mehr so ganz wohl dabei – vor einer Woche war alles noch irgendwie anders. Zu viele Nachrichten hatte er in der Zwischenzeit vernommen, und nicht alles gefiel ihm – gefiel ihm nicht mehr.

Aber jetzt war er unterwegs. Das Ganze war jetzt nicht mehr aufzuhalten. Vor dem Gebäude, besser gesagt vor der Tiefgarage, würde er auf „ihn" warten. Dann würde das Schicksal seinen Lauf nehmen.

Nur noch eine Ampel vom besagten Gebäude entfernt, war **eine Kollegin von „ihm"** auf den Weg zur Arbeit. Auch sie kam möglichst früh zum Dienst, um dann einen rechtzeitigen Feierabend und noch etwas vom Tag zu haben. „Warum muss mich um diese Zeit ausgerechnet eine Fußgänger-Ampel noch aufhalten?" fragte sie sich.

Und auch sie wusste in diesem Augenblick nicht, dass die nächste Minute schlagartig auch ihren Tagesablauf vehement verändern würde.

Für sie völlig unvermutet, standen Mulan und Khalid, die Mitbewohner des Apartments, neben ihrem Wagen, rissen die Türen auf, stiegen ein. Was sollte sie tun?

Mulan und Khalid hatten sich wieder und wieder diese eine Ampel für ihr Vorhaben angeschaut und ausgesucht. Diese Fußgänger-Ampel konnten sie beeinflussen. Sie hatten ja auch ihre Zielpersonen in den letzten Wochen beobachtet und wussten, dass „die Kollegin" von „ihm" tagtäglich diese Strecke befuhr. Sie wussten, dass diese eine Stelle hier geeignet war, ohne Schwierigkeiten einen Wagen anzuhalten.

Khalid hatte ungefähr 300 Meter vor der Ampel gewartet. Als er den gesuchten Wagen entdeckte, gab er Mulan ein Zeichen. Mulan drückte den Knopf der Ampel – und die Ampel gehorchte.

Die beiden zwangen die Kollegin, sofort abzubiegen und dann anzuhalten. Um diese Zeit war dieser Ort hier eine tote Zeit und somit ein idealer Halteplatz.

Hier war kein Hauptdurchgangsweg, eine Sackgasse; für störende Studenten und Schüler war es noch zu früh.

Beim LKA war die Tag-Schicht angelaufen. Neue Informationen waren aber nicht eingetroffen. Man machte sich auf einen neuen langen Tag gefasst, in der Hoffnung, endlich weiter zu kommen, endlich auf die Spur des Handybesitzers zu kommen.

Wie schnell sich an diesem Morgen die Tatsachen überschlagen würden, auch dies war dort beim LKA im Augenblick nicht abzusehen.

KHK Wertracht hatte die Kaffeemaschine angeworfen. Kaffee für alle, mehr konnte man im Augenblick nicht tun. Und es würde sicher nicht die letzte Tasse Kaffee sein, die jetzt gleich eingeschenkt würde.

ER umrundete eine letzte Ampel. „Gleich werde ich zum letzten Mal in die Tiefgarage einfahren", dachte ER. Doch in diesem Augenblick fiel ihm blitzartig ein, dass er am Freitag bei Büroschluss im Hinausgehen noch das Gespräch eines Kollegen mitbekommen hatte, dass am Montag eine andere Einfahrt zu benutzen ist.

„Seine" gewohnte Einfahrt war wieder einmal gesperrt, wahrscheinlich wieder irgendein Fehler in der Elektrik. ER hielt auf der rechten Einfädelspur für die Tiefgarage an, um eine günstige Gelegenheit zum Wenden abzuwarten, um sodann die Ampel erneut zu passieren und eine andere Einfahrt zu wählen.

In diesem Augenblick tauchte ein Mann vor seinem Wagen auf, der ein Handy schwenkte und offensichtlich Hilfe brauchte. Es war Karim S., der sich das Handy eines seiner Apartment-Mitbewohner ausgeliehen hatte und mit diesem gestikulierend an „ihn" herantrat, offensichtlich hilfesuchend. Zwar etwas misstrauisch, aber dennoch hilfsbereit, kurbelte ER das Fenster auf seiner Fahrerseite ein Stück herunter. Sofort hielt ihm der Fremde das Handy ins Auto hinein und rief: „Hör dir das an!"

In der Seitenstraße hielt Mulan sein Handy der Kollegin ebenfalls ans Ohr. Er hatte ihr eindringlich eingetrichtert, was sie nun zu tun hatte. Zwar war sein Deutsch noch sehr steigerungsfähig, aber im Misch-Verfahren mit Englisch und einer unübersehbaren Drohung mit einem undefinierbaren Gegenstand hatte er sich verständlich gemacht. Und Mulan, der direkt neben ihr auf dem Beifahrersitz saß und Khalid, der direkt hinter ihr saß, waren Anlass und Drohung genug, nichts Unüberlegtes zu tun.

„Hallo, bis du es?" hörte ER sie sagen. „Ich bin in der Gewalt von zwei Fremden, die mir sagen, dass auch du angehalten wurdest. Die beiden halten mich als Geisel fest. Du sollst tun, was der Mann von dir will – dann passiert mir nichts! Tut mir leid."

Beim LKA meldeten sich mehrere Dienstapparate beinahe gleichzeitig. „Endlich gibt es eine Spur!" rief der Kommissar vom Dienst, der den Anruf des BKA jetzt auf die Lautsprecher umstellte.

KHK Wertracht übernahm das Gespräch für die SOKO. „Was habt ihr für uns? Welche Erkenntnisse gibt es?"

„Wir haben eine heiße Spur, die in Verbindung mit dem aufgefundenen Handy steht", kam die Antwort vom BKA. „Gerade wurde im auch für euch gültigen Bereich ein Gespräch mit einem Handy geführt, welches vor längerer Zeit auch schon mehrfach Verbindung mit dem Verlusthandy aufgenommen hatte. Wir geben euch jetzt mal die Daten für eine Ortung durch."

Auf dem Seitenstreifen vor der Tiefgarage war **ER** zunächst fassungslos. Er hatte die Stimme seiner Kollegin erkannt. „Die mit dem Wasserkasten von Freitag", dachte er noch. Dann hatte ER sich gefasst. „Was soll das?" rief er entrüstet. „Für Scherze ist es eindeutig noch zu früh!"

Karim S. deutete auf seine Jacke, deren Reißverschluss er nun öffnete. Was ER dann zu sehen bekam, ließ ihm schlagartig das Blut in den Adern beinahe gefrieren. Es war Februar, es war kalt, aber diese Kälte, die ihn jetzt befiel, war nicht zu toppen. Er konnte sich nicht erinnern, dass ihm jemals so kalt zumute gewesen war.

Was er sah, war weit entfernt von dem Wort Scherz. Denn Karim zeigte jetzt auf das verbliebene Päckchen, das er sich um die Brust gebunden hatte. Und ER erkannte sofort auch die Drähte, die in das Päckchen führten und wusste, wen und was er vor sich hatte.

Trotzdem machte ER noch einen Versuch, die Situation zu entschärfen. „Ok, ich verstehe, was sie da haben, aber sagen sie mir bitte schön, was sie damit bezwecken!"

Die Antwort des Mannes kam prompt: „Ich will den Schlüssel für die Tiefgarage!"

Wie vom Donner gerührt saß ER in seinem Wagen. Was sollte ER denn jetzt machen? Einfach losfahren und eine Explosion verursachen? Und was war mit der Kollegin, die offensichtlich in höchster Gefahr war?

„Rede mit ihm", fiel ihm ein. „Oh Gott, was passiert hier!" „Was wollen sie mit dem Schlüssel?" fragte er, obwohl das Päckchen und die eindeutigen Umstände eigentlich genug Klartext sprachen.

Beim LKA liefen die Telefone heiß. Die SOKO war ein eingespieltes Team. Jeder im Team wusste, was zu tun war, jeder nahm sich einen Teil der zu treffenden Maßnahmen vor.

Mit einem Schlag war jegliche Müdigkeit aus allen Körperteilen gewichen. Die Möglichkeit, den Fall zu lösen, schien greifbar nahe.

KHK`in Mundbar war sich bewusst, dass sie mit der Nachricht, die sie jetzt nach einem weiteren Gespräch mit dem BKA verkünden musste, einen Rückfall in den Bemühungen des Teams bewirken würde. Aber ihr blieb keine Wahl.

„Mal herhören, bitte!" sagte sie. „Gerade bekam ich vom BKA die Nachricht, dass der betreffende Anruf leider zu kurz gewesen ist. Eine weitere Möglichkeit zur Verfolgung gibt es nicht. Es bleibt uns allen nichts weiter übrig, als auf ein weiteres Gespräch des betreffenden Handys zu hoffen, um die Schlinge enger ziehen zu können."

„Konnte man beim BKA denn sagen, dass es sich hundertprozentig um das Verbindungshandy in Zusammenhang mit dem aufgefundenen verlorenen Handy handelt?" hinterfragte KHK Wertracht.

„Das wurde mir vom BKA bestätigt. Aber mehr können wir im Augenblick hier wirklich nicht tun. Wir müssen warten, auch wenn`s weh tun, nichts unternehmen zu können", antwortete KHK`in Mundbar und konnte in diesem Augenblick einfach nur mit den Schultern zucken.

KHK Wertracht setzte einen neuen Kaffee an.

Vor der Tiefgarage bedeutete Karim S. „ihm" auszusteigen, was ER auch tat; was blieb ihm ansonsten für eine Alternative übrig. ER bemerkte jetzt, dass Karim wohl mit einem Fahrrad gekommen war, das an einem Pfeiler lehnte und dem Karim einen Gegenstand aus der Satteltasche entnahm, den ER aber nicht erkennen konnte, eine Pistole etwa?

Noch einmal versuchte ER, das Gespräch zu vertiefen, um Zeit zu gewinnen – Zeit – und dann ?

„Sie sagen mir erst genau, was sie vorhaben. Andererseits können sie alles vergessen", sagte ER und wusste, dass er bei diesen Worten mit seinem Leben spielte.

Fast nicht erwartet, bekam er eine Antwort: „Sie sollten mich nicht zwingen, etwas zu tun, was wir beide bereuen werden. Ich bin hier, um einen Auftrag zu erledigen. Tue ich dies nicht, ist meine Familie in der Heimat in höchster Gefahr. Ziehe ich diese Angelegenheit hier durch, wird es meiner Familie besser gehen – das wurde mir versprochen."

ER schüttelte den Kopf, was er eigentlich gar nicht beabsichtigt hatte. Aber diese Worte von Versprechungen hatte er einfach schon zu oft gehört. Glaubten wirklich noch so viele daran?

ER dachte an seine Kollegin, die sicherlich ebenfalls gefährliche Minuten zu überstehen hatte. Trotz allem machte er noch einen weiteren Versuch, mit dem Fremden ins Gespräch zu kommen.

„Wir finden vielleicht einen Ausweg zusammen. Was genau haben sie vor?" fragte ER – in der Hoffnung eine nicht allzu schlimme Antwort zu bekommen.

„Ich sage es ihnen", antwortete Karim. „Ich muss meinen Auftrag erfüllen, nichts anderes bleibt übrig, wie ich schon sagte. Aber ich habe nachgedacht und beschlossen, keine Menschenleben zu gefährden, soweit dies möglich ist. Es gibt da einiges, was bis jetzt schon schief gelaufen ist, und ich bin gezwungen, wenigstens etwas zu Ende zu bringen – etwas, was als Erfolg für meine Auftraggeber verkauft werden kann. Wenn sie mitspielen, was ich auch für ihre Kollegin hoffe, dann wird es kein Menschenleben fordern, nur Sachschaden."

„Und dazu wollen sie in die Tiefgarage. Gibt es eine Möglichkeit, sie zu überzeugen - sie davon abzubringen?" fragte ER mit letzter Hoffnung.

Karim schüttelte den Kopf, beinahe hilflos, als er antwortete: „Es ist unabänderlich. Meine beiden Helfer werden sicherlich schon ungeduldig auf meine Rückmeldung warten. Sie sollten dies nicht heraus fordern. Ich habe die beiden jetzt nicht mehr unter Kontrolle. Denken sie an ihre Kollegin. Und nicht nur daran! Wenn ich den Schlüssel nicht bekomme und meinen Plan mit zerstörten Autos nicht erfüllen kann, bleibt mir nur eine andere Wahl. Dann kann ich auch für Menschen nicht mehr garantieren!"

ER merkte, dass sein Gegenüber in einer Situation war, aus der es kein Entkommen gab. Genügend Bilder waren in seinem Gedächtnis, Bilder von Explosionen mit verheerender Wirkung – oft mit Menschenleben bezahlt. ER dachte daran, w a r u m ER auf dem Seitenstreifen vor der Einfahrt parkte, und auch dieses Mal funktionierte ER, hatte eine Idee und sprach Karim erneut an.

„Ich habe Verständnis für ihre Lage. Und ich habe Hochachtung vor dem, was sie mir bis jetzt erzählt haben – dass sie keine Menschenleben gefährden wollen. Das unterscheidet sie von den meisten, die ähnliches wie sie vorhaben. Wir machen einen Deal. Ihre Freunde geben meine Kollegin sofort frei. Wo ist sie übrigens jetzt genau?"

„Sie ist mit dem Auto nur ungefähr eine Minute von hier entfernt. Es liegt jetzt nur an ihnen, wie die Sache hier für alle ausgeht", flüsterte Karim. Ja, er flüsterte jetzt, ein sichtbares Zeichen, dass ihm die Sache immer unangenehmer wurde.

„Ok, hier ist mein Vorschlag", sagte ER. „In dem Augenblick, wo meine Kollegin hier an der Einfahrt allein und ohne ihre Entführer vorbei fährt, in dem Moment drehe ich ihnen den Schlüssel für die Schranke um und sie können in die Tiefgarage einfahren. Wie ich sehe, sie haben ein Fahrrad. Fahren sie damit hinein?"

„Das werde ich, denn so komme ich schnell ins Herz der Tiefe", entgegnete Karim. „Man wird mir nicht zu Hause glauben, wenn ich nur ein oder wenige Autos am Eingang mit der Explosion erreiche. Da ich einen Zeitzünder betätige, sobald die Schranke aufgeht, habe ich nur ca. 10 Sekunden Zeit. Mit dem Fahrrad werde ich dann weit genug hinein kommen."

„Dann werden sie also auf gar keinen Fall überleben – sehe ich das so richtig?" fragte ER nach.

Die Antwort kam erst nach einigen Sekunden. Anscheinend war Karim in der entscheidenden Phase und in diesem Augenblick kaum noch in der Lage, einen weiteren klaren Gedanken zu fassen.

„So wird es sein. Ich beginne mein Vorhaben zu hassen, aber es ist nicht nur meine Familie, für die ich dies alles tun muss; es ist auch meine Ehre, ein Versprechen muss gehalten werden. Ich bin einverstanden, ich rufe jetzt meine Freunde an. Dann geschieht das, was gerade besprochen wurde."

Selten hatte ER so eine Erleichterung gespürt, wie in diesem Augenblick. Die ganze Geschichte hier würde tragisch enden, auch wenn kein weiteres Menschenleben dafür bezahlen muss, ist es dann dies wert? Er stellte sich diese Frage, fand aber keine andere Antwort darauf. Es musste also so geschehen.

Karim wählte eine entsprechende Nummer.

„Hier ist Karim", sprach er und bemühte sich um eine klare und feste Stimme. Er berichtete seinen Helfern vom Geschehen vor der Tiefgarage und dass er nun seinen Auftrag mit Erfolg ausführen wird.

„Steigt jetzt aus und lasst die Frau fahren. Wir werden unser Ziel auch ohne sie erreichen. Wartet noch – gebt der Frau mal kurz das Handy."

Die Telefone der **SOKO beim LKA** randalierten, als ob sie in einem Wettstreit um Aufmerksamkeit wären.

KHK Wertracht nahm zuerst einen der Hörer ab und alle weiteren Mitarbeiter und Mitarbeiterinnen im Raum hörten fast auf zu Atmen.

„Alle mal herhören; das BKA hat ein weiteres Gespräch dieses Handys festgestellt. Und dieses Mal war es lang genug. Die genaue Ortung läuft. Sobald der Ort fest steht, wird die am nächsten gelegene örtliche Polizei-Dienststelle alarmiert. Wir sollten jetzt einmal Glück haben, und vielleicht hilft Daumendrücken ja auch."

ER hielt nun Karims Handy in der Hand und sprach mit seiner Kollegin, die ihm erklärte, dass es ihr den Umständen entsprechend gut ging.

„Nun gut", sagte ER zu ihr. „Dann werden wir jetzt gemäß Absprache handeln. Sobald die beiden Männer ausgestiegen sind, fährst du los. Nach einer Minute, so sagte mir Karim, bist du bereits hier. Du fährst an der Einfahrt vorbei und winkst mit deinem Arm als Zeichen, dass alles OK ist und du allein im Auto bist. Dann weiß ich, dass du in Sicherheit bist."

„Und was ist mit dir?" fragte die Kollegin, und die Sorge in ihrer Stimme war nicht zu überhören.

„Keine Angst", war die Antwort. „Hier ist alles besprochen. Mir wird nichts passieren."

Trotz dieser Worte beendete er das Gespräch mit einem mulmigen Gefühl und dachte „Ich hoffe doch, dass alles gut endet – soweit dies überhaupt geht und man von einem guten Ende eigentlich gar nicht sprechen kann."

Karim griff in seine Jackentasche. Die Situation wurde jetzt anscheinend ernster als ER dachte. Doch nur Sekunden später trat wieder Entspannung ein - so weit wie in dieser Situation überhaupt möglich.

Karim übergab „ihm" einen Gegenstand. Es war der Gegenstand, den Karim aus der Satteltasche seines Fahrrades entnommen hatte, und es war ein Etui.

„Ich bitte nur um diesen einen Gefallen! Hier drin ist die Adresse meiner Familie, ein Bild meiner Familie und ein letztes Bild von mir, das erst in der letzten Woche aufgenommen wurde. Ich bitte darum, meiner Familie zu schreiben, an welchem Ort mein Leben geendet hat. Da meine Familie nichts mit dem zu tun hat, was hier jetzt geschieht, gehe ich damit kein Risiko ein. Ist mein Wunsch verständlich?"

Damit hätte ER nicht gerechnet. Schnell antwortete ER: „Nach unserem Gespräch denke ich, dass sie die Erfüllung ihres Wunsches verdient haben. Auch wenn es wünschenswert wäre, dass dies alles hier anders ausgeht, ich habe verstanden, dass sie jetzt nicht anders können, was ich aber keinesfalls gut heiße, und das müssen auch sie verstehen!"

„Das verstehe ich sehr gut", antwortete Karim leise. „Aber ich denke, dass ich anschaulich dargelegt habe, dass mir wirklich keine Wahl mehr bleibt. Gewisse Leute werden davon erfahren, was hier geschehen ist. Sie werden aber aus den Nachrichten nur erfahren, was hier „schadensmäßig" passiert ist – also der Anschlag geglückt ist. Auch wenn diese Leute sich mehr davon versprochen haben, sie werden nicht leugnen können, dass ich den Auftrag irgendwie doch ausgeführt habe."

Im nächsten Augenblick sahen die Zwei, wie „die Kollegin" mit ihrem Wagen vorbei fuhr, heftig mit dem Arm aus dem linken Seitenfenster winkend und sicher hinter der nächsten Kurve verschwand.

Und nicht nur dieses Auto setzte sich in Bewegung. Beim sehr nahe gelegenen Präsidium sprangen rund ein Dutzend Polizeibeamte in ihre Dienstwagen. Sie hatten die Koordinaten vom LKA erhalten und versuchten, den ermittelten Ort des Handyempfangs so schnell wie möglich zu erreichen. Sie würden nur ca. vier Minuten brauchen und wussten, dass jede Sekunde zählt. Denn das LKA hatte mitgehört, dass es sich um eine Geiselnahme handelt und das abgehörte Handy den Geiselnehmern gehört. Den Ort des zweiten Handys hatte das LKA noch nicht ermitteln können.

Auf ihrem Weg würden sie daher auch direkt an der Tiefgarage „vorbei" fahren, nicht ahnend, was sich dort gerade abspielt, nicht ahnend, dass sich dort der zweite Gesprächspartner befindet.

Vor der Schranke bestieg Karim sein Fahrrad. Sehr unbeholfen sah es aus. In seinem Heimatland hatte er nie auf einem Fahrrad gesessen, und hier hatte er auch nur wenig Übung. Oder lag es an der Situation, die für ihn selbst wohl am schwierigsten war?

Karim gab „ihm" ein Zeichen, die Schranke mit dem Schlüssel zu öffnen. Er schätzte noch einmal die Entfernung von der Schranke zum Tor. Nach dem Heben der Schranke würde Karim die Rampe herunter fahren, sich das Tor öffnen und er so weit wie möglich hinein fahren, soweit, wie 10 Sekunden es erlauben.

Ein letzter Blickkontakt, ein letzter Versuch ohne Worte, dies alles doch noch abzubrechen, zu vermeiden; doch Karim schüttelte heftig seinen Kopf und deutete erneut auf die Schranke.

„Was mag in ihm wohl vorgehen?" dachte ER. „In ca. 10 Sekunden wird Karim sterben! Was für ein letzter schrecklicher Arbeitstag – scheiß Schaltjahr!"

In diesem Augenblick rasten die Streifenwagen in Höhe der Tiefgarage vorbei, auf dem Weg zum Handy-Ortungs-Punkt.

Karim schien einen Augenblick lang irritiert zu sein, und einen Augenblick lang überlegte er, von seinem Rad zu steigen. Er sah zu „ihm" und Enttäuschung lag in seinem Blick. Die Situation schien zu kippen, alles Besprochene schien mit einem Mal keinen Wert mehr zu haben.

Auch **ER** war irritiert, sah Karim in die Augen und sagte: „Damit habe ich nichts zu tun, wirklich nicht. Vielleicht ist es aber ein Zeichen, dass dies hier nicht geschehen soll – ich weiß es auch nicht!"

Die Streifenwagen waren so schnell vorbei gerast, wie sie gekommen waren. Keiner der Wagen hatte gehalten, wie Karim bemerkt hatte. Er klang überhastet, als er lauter als er wollte schrie: „Mach jetzt endlich die Schranke auf! Du weißt, dass nichts mehr zu ändern ist. Es muss jetzt getan werden, lebe wohl!"

Ein letztes Achselzucken, ein hilfloses Achselzucken, ein letzter Blick zum Tor, ein letzter Blick über die Schulter – ER drehte den Schrankenschlüssel um.

Karim öffnete seine Jacke. Das umgebundene Päckchen wurde sichtbar. Karim löste den Zeitzünder aus, stieß sich mit dem Fuß ab - das Fahrrad begann zu rollen. Immer schneller werdend schoss das Rad auf das Tor zu, es öffnete sich aber nicht.

Karim konnte das nicht wissen. Er ahnte ja nicht, dass der ausgeklügelte Plan wegen eines Zufalls scheitern würde. Unabhängig von der Schranke blieb das Tor zur Einfahrt in die Unterwelt heute verschlossen – eine anfallende Reparatur, die für heute angeordnet war, verhinderte die Einfahrt. Die Automatik zum Öffnen war ausgeschaltet. Die entsprechende Wartungsfirma würde erst gegen 8 Uhr mit den Arbeiten beginnen.

Heute würde hier niemand diese Einfahrt mehr benutzen können.

ER wusste um den kurz eingestellten Zeitzünder; Karim hatte es ihm ja gesagt. Und ER wusste, was passieren würde, schließlich parkte sein Wagen nicht umsonst auf dem Seitenstreifen vor der Tiefgarage. ER hatte alles versucht, aber Karim war nicht von seinem Plan abzubringen – hatte dargelegt, warum.

Karim war nicht mehr zu helfen, auch das wusste ER. Kaum war das Fahrrad in Bewegung, verließ ER die Rampe – nur weg vom Tor. Hinter dem nächsten Pfeiler schien er in Sicherheit zu sein – hoffte ER, denn die Wirkung an Sprengkraft von Karims Päckchen war ihm ja nicht bekannt. ER sah sich um und registrierte, dass sich keine weiteren Personen im engsten gefährdeten Umkreis aufhielten – wenigstens das. Dann hörte ER den Aufprall auf das Tor.

Das Fahrrad machte einen unüberhörbaren klappernden Lärm, als es auf das Tor traf. Ungläubig schaute Karim, der durch den Sturz unter dem Rad lag, auf das Tor, dann auf die Rampe.

Er wusste in diesem Augenblick, dass er keine Zeit mehr haben würde, den Weg wieder hinauf zu nehmen. Er wusste, dass er nur noch ungefähr 2 bis 3 Sekunden zu leben hatte. Sein letzter Gedanke war an seine Familie gerichtet. „Ich habe es für euch getan", das ging ihm noch einmal durch den Kopf.

Es folgte der unvermeidliche Knall, als das Päckchen zündete. Die Druckwelle raste die Rampe hoch, konnte sich aber wegen der stabilen Betonseiten nicht weiter nach rechts und links ausbreiten. Durch die Schräglage der Rampe war der Druck in die Höhe gedrängt worden, als sich die Welle ihren Weg aufwärts bahnte.

Mit tosendem Rauschen raste die Welle am Pfeiler vorbei, zog „ihn" fast dahinter hervor, bevor sie sich im nichts verabschiedete.

„Mein Gott", dachte ER. „Nicht auszudenken, was passiert wäre, hätte diese Ladung in einem geschlossenen Raum gezündet!"

ER fand sich sitzend hinter dem Pfeiler vor. Wie lange er dort saß, war ihm nicht bewusst; auch nicht, dass er sich gesetzt hatte; vielleicht war es Instinkt. Wahrscheinlich war das so, wenn man keine Zeit mehr zum Überlegen hat. ER stand auf, kam hinter dem Pfeiler vor, schaute die Rampe herunter. Noch im Sitzen hatte er ein Geräusch gehört, noch lange nach der Explosion, das konnte er jetzt zuordnen.

Zwar hat ein Fahrrad wegen seiner Fläche, vor allem aber wegen der vielen Durchlässe wie Rahmen und Räder mit den Speichen, wenig Angriffsfläche für den Explosionsdruck, diese war aber immerhin so stark gewesen, dass das Rad viele Meter weit durch die Luft geschleudert war. Auf der sich wieder geschlossenen Schranke war es gelandet, hatte sich verkantet. Das Vorderrad drehte sich noch immer – das Geräusch!

Nur einen weiteren kurzen Blick gönnte er sich die Rampe herunter. Der Rauch als Explosionsfolge hatte sich bereits verzogen. Das Tor hing etwas schief in seiner Aufhängung. Zwei Fensterscheiben des Gebäudes, das fast direkt an der Rampe lag, waren zerborsten; Glas lag herum. Er zwang sich, nicht weiter zu schauen, wollte keine weiteren Eindrücke bekommen, wollte nicht sehen, was mit Karim passiert war – allein die Gedanken waren schon schlimm genug.

Die Explosion war im weiten Umkreis zu hören gewesen. Nach und nach trafen erste Bedienstete und Sicherheitspersonal aus dem Gebäude an der Tiefgarageneinfahrt ein. Und jetzt erschien auch der erste Streifenwagen, der von dem Geschehen informiert worden war.

Die Streifenwagen, die zum Handy-Ortungspunkt unterwegs waren, hatten ihr Ziel erreicht. Wie erwartet, war niemand zu sehen. Die Beamten hatten auch nicht erwartet, dass man auf sie wartet. Deshalb hatte das Präsidium zeitgleich bei der Alarmierung eine größer angelegte Fahndung rund um den angenommenen Aufenthaltsbereich der Geiselnehmer veranlasst. Und weil etliche Beamte sich so ja fast in unmittelbarer Nähe zum Anschlagsort befanden, wurde auch prompt einer der Wagen zur Tiefgarage geschickt.

In kurzer Zeit war die Umgebung großflächig abgesperrt. Weitere Dienstwagen waren eingetroffen, ebenso Feuerwehr, Notarzt und Rettungswagen. Polizei-Flatterband wehte im leichten Wind, der eingesetzt hatte und der auch mit verantwortlich dafür war, dass sich der Rauch schnell aufgelöst hatte. Die Luft war wieder winterklar, jedoch konnte jeder Anwesende spüren, dass irgendetwas explosives darin noch vorhanden war. Für die Rettungskräfte war es – wie so oft – eine schwierige Arbeit. Jeder kann sich wohl vorstellen, was mit Karim passiert war – wohl wirklich jeder.

In der Verwaltungsabteilung im Gebäude wurde ein Lagezentrum bereit gestellt. Die Leitung dort hatte zügig reagiert. Auch wenn dies alles eine schlimme Sache war, was gerade passiert war, so waren sich alle darin einig und froh, dass zumindest weitere Personen nicht zu Schaden gekommen waren.

Auch ER und „die Kollegin" waren dort. Beiden war bewusst, dass sie auch reichlich Glück gehabt hatten, und nicht nur dies war ein Grund für eine lange Umarmung. Man wartete gemeinsam auf die SOKO, die sich sofort auf den Weg gemacht hatte, um die Ermittlungen und weiteren Untersuchungen an Ort und Stelle zu übernehmen. Und beide waren froh, dass so noch etwas Zeit blieb, den Vorfall zumindest etwas zu verdauen, bevor die Befragungen alles noch einmal aufrühren würde.

Es wurde bereits wieder dunkel, als die Protokolle gefertigt und unterschrieben waren. Die Profis unter den Ermittlern stellten fest, dass die beiden Haupt-Betroffenen keine andere Möglichkeit zum Handeln gehabt hatten.

Und somit hatte auch der „Hausherr" des Gebäudes allen Grund, den beiden noch einmal herzlich zu danken, vor allem dafür, dass sie durch ihr Handeln dafür beigetragen hatten, dass es nur materiellen Schaden gab. Und der war angesichts der explosiven Bedrohung nur relativ gering ausgefallen. Absolut jeder war aber an erster Stelle darüber froh, dass es keine weiteren Opfer unter den Bediensteten oder sonstigen eher zufällig vorbei kommenden Personen gab.

Dann durfte „ER" endlich endgültig gehen; will heißen, dass dieser denkwürdige Tag einer der längsten in seiner Dienstzeit war. So wünscht man sich keinen Tag, nicht an seinem letzten oder an irgendeinem Tag.

Es gab eine letzte lange Umarmung. Als ER ging, dachte ER: „Wäre dies ein Western, so würde der Cowboy auf sein Pferd steigen und in die Prärie reiten."

ER stieg in sein Auto und fuhr nach Hause - aufs Land.

- E N D E –

Epilog:

Die beiden „Helfer" Mulad und Khalid aus dem Apartment wurden noch am selben Abend verhaftet. Die beiden waren unverzüglich nach der Freilassung ihrer Geisel in ihr Apartment zurück gekehrt, dachten, dass sie dort erst einmal sicher sind.

Als ein SEK (Sondereinsatz-Kommando) die Tür ihres Apartments aufbrach, waren sie völlig überrascht und leisteten keinerlei Gegenwehr.

Wie konnten die beiden so schnell ermittelt und gestellt werden? Nun, Karim S. hatte „ihm" ja zuletzt noch ein Etui mit seiner letzten Bitte übergeben. Dieses Etui hatte sich die SOKO sehr sorgfältig angesehen. Und darin fanden sie einen Brief, der an die Apartment-Adresse gerichtet war. Der Rest war Routine.

Gehen wir von einem Zufall aus oder gibt es noch eine andere Erklärung? Ist es denkbar, dass es gar kein Versehen war, dass sich dieser Brief im Etui befand – oder kann es auch gewollt sein, diesen zu finden? Wollte Karim damit sein Gewissen erleichtern, weiteren möglichen Schaden abwenden? Seine Zweifel während des Zwiegesprächs am Ende dieses Romans könnten darauf hinweisen.

Beide Geiselnehmer wurden unverzüglich im beschleunigten Verfahren angeklagt und verurteilt. Alle Beweise standen unabdingbar fest. Es gab eine Zeugin, die die beiden eindeutig identifizieren konnte, und es gab im Apartment auch die DNA von Karim S., was die Beweislage eindeutig untermalte.

Da die beiden geständig und eigentlich Mitläufer ohne einen weiteren kriminellen Hintergrund waren, fiel die Strafe trotz der Geiselnahme und Bedrohung im unteren möglichen Freiheitsstrafen-Bereich aus. Sofort wurde eine Auslieferung betrieben, die auch in sehr kurzer Zeit Erfolg hatte. Na also, geht doch!

Die TV-Nachrichten im In- und Ausland berichteten über den Vorfall, die Zeitungen ebenfalls. In einem weit entfernten Land jubelte man darüber, die Tat wurde dort als Erfolg gefeiert. Von den genauen Umständen erfuhr man dort nichts.

Ach ja, soeben kam in der Nachricht eines Radio-Senders durch, dass es wohl den Rücktritt eines Ministers oder einer Ministerin geben würde.

Leider hatte ich keine Zeit mehr für eine weitere Klarstellung durch die Medien. Mein Roman musste unbedingt heute noch zum Verlag!

noch einige private Schluss-Bemerkungen:

Wie anfangs erwähnt, so sollte dies eigentlich ein mehr privater Roman werden – für die treuen Leser meiner bisher veröffentlichten Bücher, für Freunde, als Mitbringsel-Geschenk bei bestimmten Anlässen.

Im Laufe der Verwirklichung und Entstehung dieses Kriminal-Romans bin ich jedoch zu der Überzeugung gekommen, dass es nicht nur eine private Angelegenheit bleiben soll. Zu viel aus früheren Fiktionen ist inzwischen von der Wirklichkeit eingeholt worden.

Die Handlung des Romans ist ein sehr sensibles Thema, dies ist mir bewusst. Aber was die Leser hoffentlich mitnehmen können: „Wegsehen ist meiner Meinung nach nicht der richtige Weg und auch nicht Weghören".

In meinem Titelbild ist auch ein Feuerlöscher zu sehen. Ich habe diesen symbolisch dafür gewählt, dass es höchste Zeit ist, den Brand, der inzwischen lodert, zu löschen.

Und meiner Meinung nach besteht die beste Möglichkeit eines Erfolges in einer frühen Phase, am besten in der Entstehungsphase. Das verspricht wohl den meisten Erfolg. Leider scheint die Realität bereits über eine Entstehungsphase hinaus gegangen zu sein.

Ich möchte noch einmal darauf hinweisen, dass der Inhalt meines Romans auch **nicht erst wegen jetziger Flüchtlings-Wellen** entstanden ist. Allerdings – unabhängig vom Geschehen in meinem Roman, der in Deutschland spielt, sollte z. B. Aleppo allgemein als Mahnung für die ganze Welt stehen.

Inspiriert, meinen Roman ebenfalls zu veröffentlichen, bin ich z. B. von einer Polizistin. Tania Kambouri hat in ihrem mahnenden Buch „Deutschland im Blaulicht" ein Zeichen gesetzt, wie es in unserem schönen Land hinter den Kulissen aussieht. Wenn man die Strukturen von Behörden kennt, ist dies sehr mutig von ihr – aber ich finde, auch unbedingt einmal erforderlich. Frau Kambouri hat selbst einen Migrations-Hintergrund. Daher kann man wohl davon ausgehen, dass auch sie gewiss keine Migrationshetze mit ihrem Buch betreibt.

Die Wahrheit tut manchmal weh, manchen Personen mehr und manchen weniger.

Dass die Wahrheit manche Annahme überholt, das liest sich auch auf Seite 159 ihres Buches, denn die für 2015 angenommene Zahl von Asylbewerbern hat sich nun mehr als deutlich erhöht – die angesprochene Brisanz hat sich dadurch sicherlich nicht gerade verkleinert.

Ich selbst hatte Kontakt zur Autorin. Sie meinte, dass ihr Buch noch drastischer ausgefallen wäre, wenn sie noch mehr Informationen gehabt hätte. Ich habe übrigens ihr Buch als 10. Auflage gelesen.

Auch die Politik spricht „inzwischen" von geschönten Bilanzen, denen die Beamten auf den Straßen - und nicht nur diese – schon länger nicht mehr glauben.

Die Terror-Gefahr ist inzwischen auch in Deutschland nicht nur angekommen, sie wird bereits „gelebt" – Berlin ist dafür ein schreckliches Beispiel. Es ist höchste Zeit, an mehr Feuerlöscher zu denken.

Die Bürger dieses Landes und unsere Sicherheit brauchen diese – sprich: mehr Polizisten, mehr an besserer Ausrüstung und alles, was erforderlich ist.

Was wir nicht brauchen, das sind noch mehr Schilder, noch mehr Sprechchöre, die die Verhältnisse nicht ändern, nur noch mehr ins Negative verzerren. Feuerlöscher sind wichtiger als Handschellen. Denn diese kommen zum Einsatz, wenn Löschen versagt hat.

Die Menschen, die unsere Freiheit beschützen und garantieren, müssen in die Lage versetzt werden, mit allen Mitteln unseres Rechtsstaates die Freiheit auch durchzusetzen. Allein die vom Gesetz legitimierten Personen dürfen dies tun.

Es kann doch nicht sein, wie es in Tschechien gerade durchdacht wird, dass dort jeder Tscheche künftig eine Waffe besitzen darf. Es wird angedacht, dies im dortigen Grundgesetz zu verankern? Dies würde wohl auch über EU-Recht gehen. Von „durchdacht" kann da ja wohl keine Rede sein!

Auch Nick Hein hat in seinem Buch „**Polizei am Limit**" seine Meinung veröffentlicht - ein weiterer mutiger Schritt. Diese Beamten sind Beispiele dafür, dass sie Unterstützung verdienen. Sie brauchen die Unterstützung von Menschen, die Verantwortung übernehmen, die Freiheit in unserem Land zu bewahren. Wir alle sollten dafür sorgen, dass die Beamten im Kampf um unsere Demokratie nicht allein sind. Die Menschen, die unsere Freiheit garantieren, verdienen es!

Wie mit unseren Beamten umgegangen wird – ein Sender strahlt z.B. das Thema „Prügel-Knaben der Nation" aus – ist nicht hinnehmbar.

dazu ein **Zitat:** (…von …?)

„Es sind Menschen, die in den Streifenwagen sitzen!"

Und diese Menschen leisten „für uns" Millionen von Überstunden!

Ist es so schwer zu glauben, dass auch sie gerne ihren Feierabend mit ihren Familien verbringen würden? Ist es so schwer zu glauben, dass sie lieber eine Eintrittskarte lösen möchten, um ein Spiel zu genießen, anstatt in „Ritterrüstung" herbei befohlen zu werden?

… ein letztes **Zitat** aus der WN vom 2.2.2017:

„Wir müssen erstens denjenigen helfen, die in großer Not zu uns kommen und zweitens all denjenigen entschiedener entgegentreten, die unser Sicherheitsgefühl verletzen wollen."

bisher erschienene Bücher von Wolfgang Pein:

The adventures of two sheep friends

(in Englisch - ISBN 9783732233328)

Schaf-Geschichten mit Johanna

(ein **Kinder-Buch** ISBN 9783848251032)

Schafe mähen nicht nur Gras

(208 Seiten – **Roman** - ISBN 9783738606584)

Schafe brauchen auch mal Urlaub

(208 Seiten – **Roman** - ISBN 9783739241074)

Schaf-Geschichten aus dem schönen Vinschgau

(Südtirol/Norditalien -   ISBN 9783837079241)

Sheep Fight For Freedom

(in Englisch – **Roman** -   ISBN 9783741279713)

Sämtliche Bücher

können in jedem Buchgeschäft in Europa, den USA und in Kanada   „bestellt"   werden

und sind jeweils   a u c h   als   E-Book erhältlich.
